ED YOUNG

Siete ratones ciegos

Ediciones Ekaré

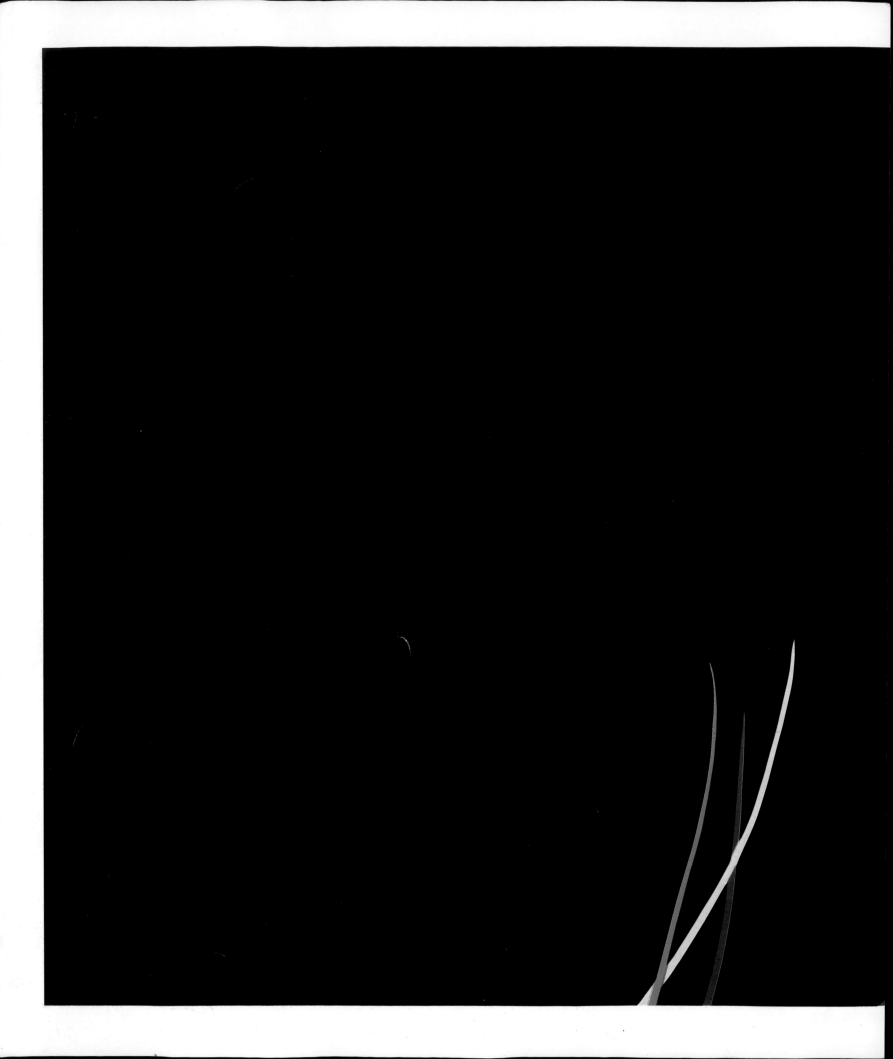

Un día, siete ratones ciegos encontraron un
Algo Muy Raro al lado de su laguna.
—¿Qué es esto? -chillaron sorprendidos
y corrieron a casa.

El lunes, Ratón Rojo fue a averiguar.
Era el primero en salir.

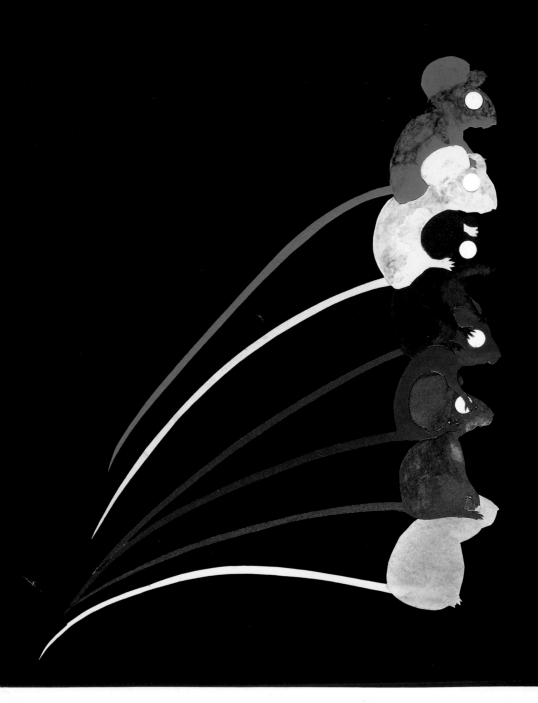

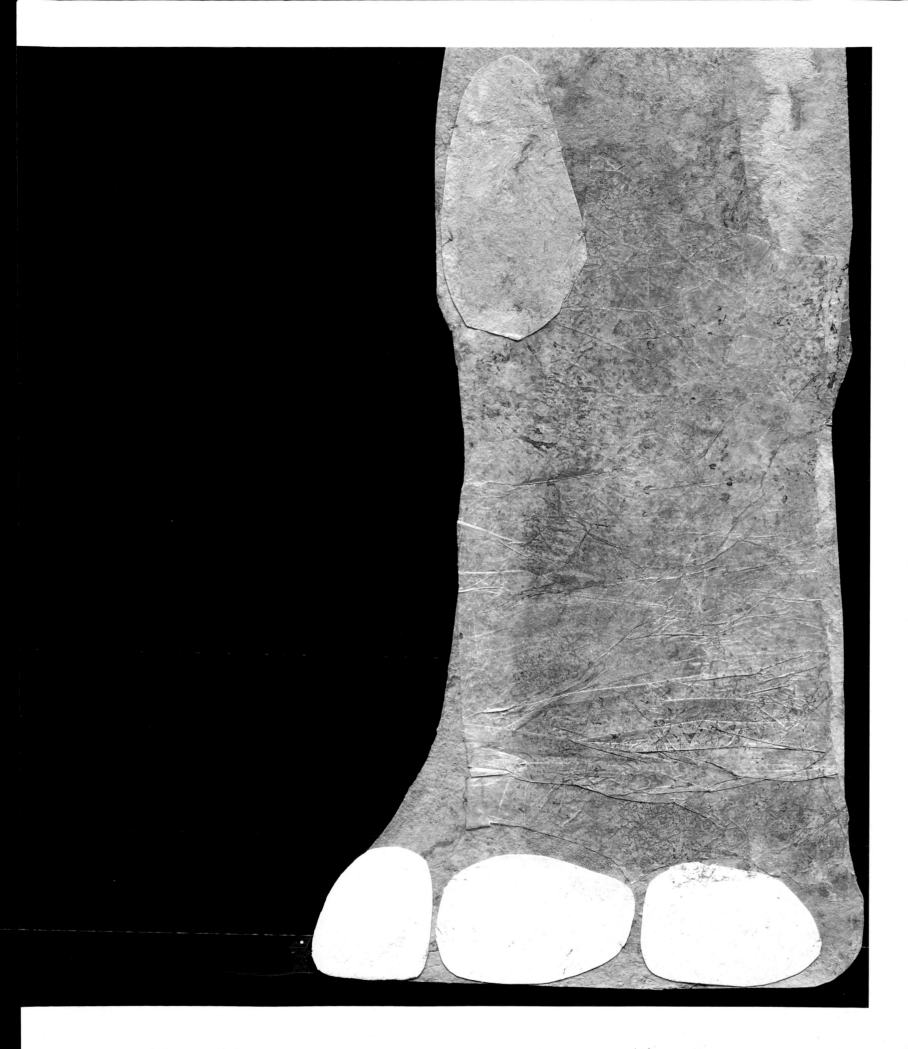

—Es un pilar -dijo.
Nadie le creyó.

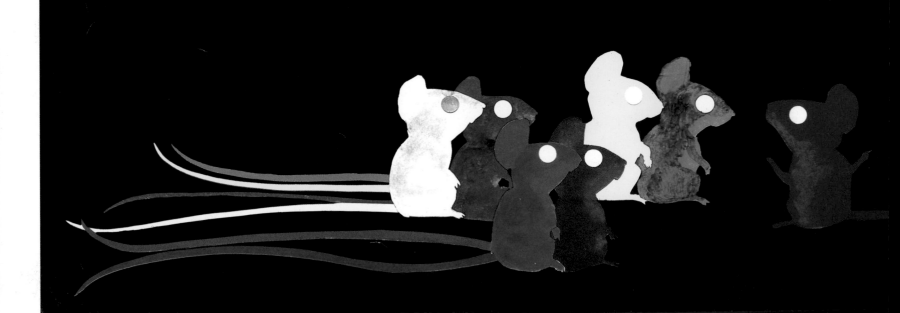

El martes, Ratón Verde fue a investigar.
Era el segundo en salir.

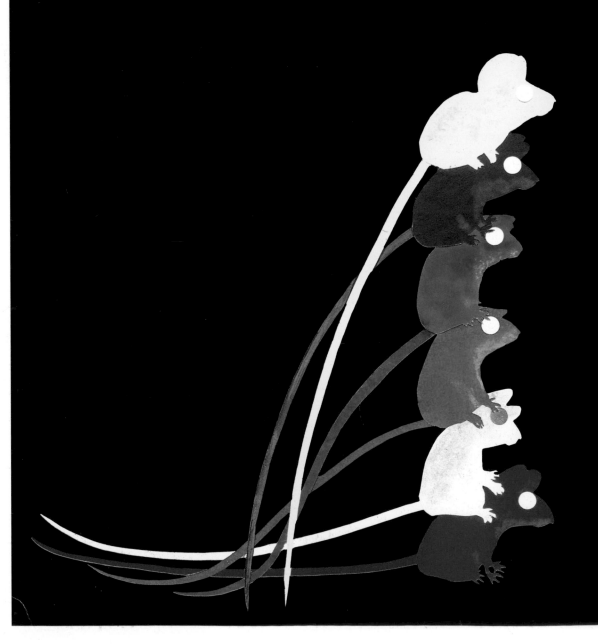

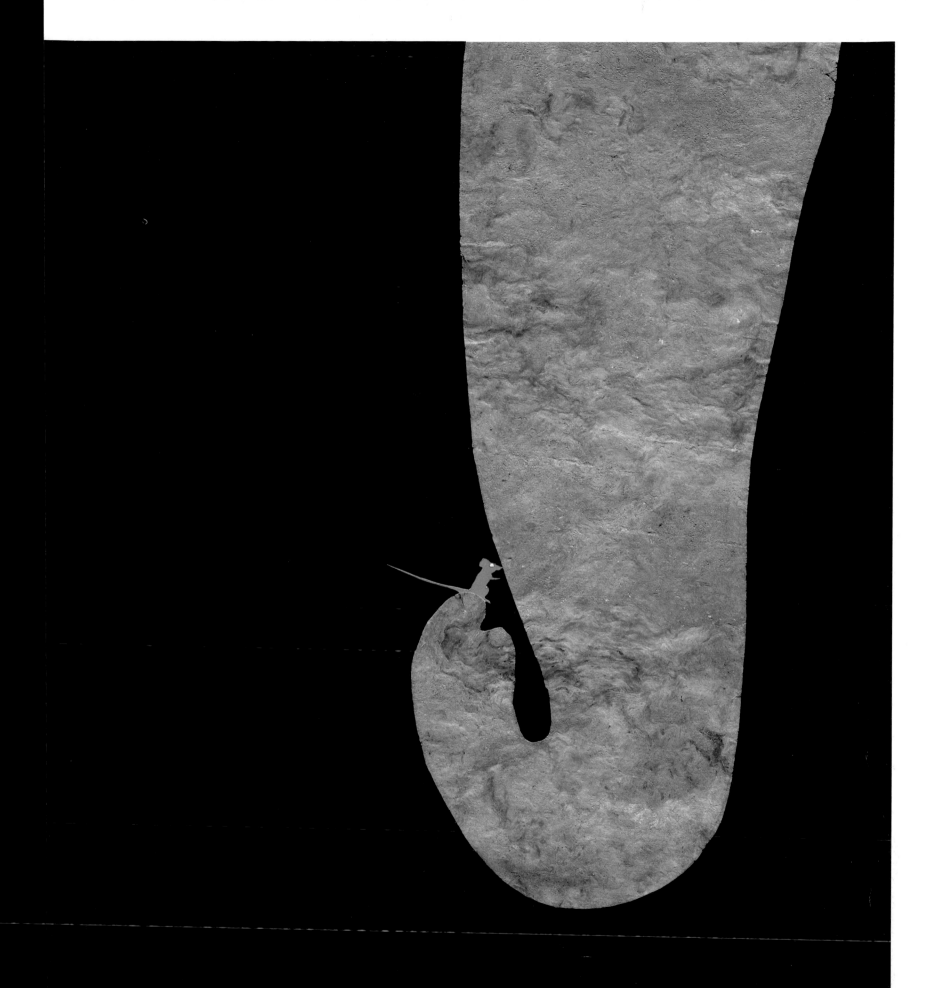

—Es una culebra -dijo.

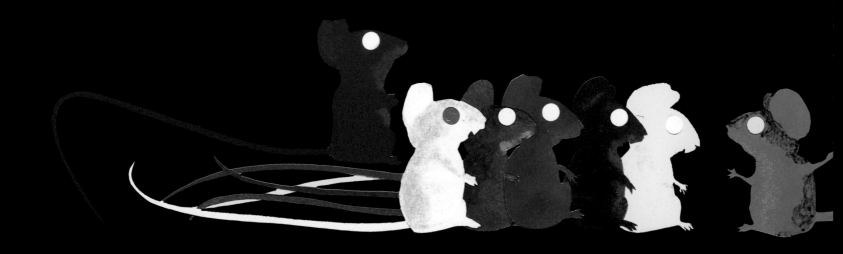

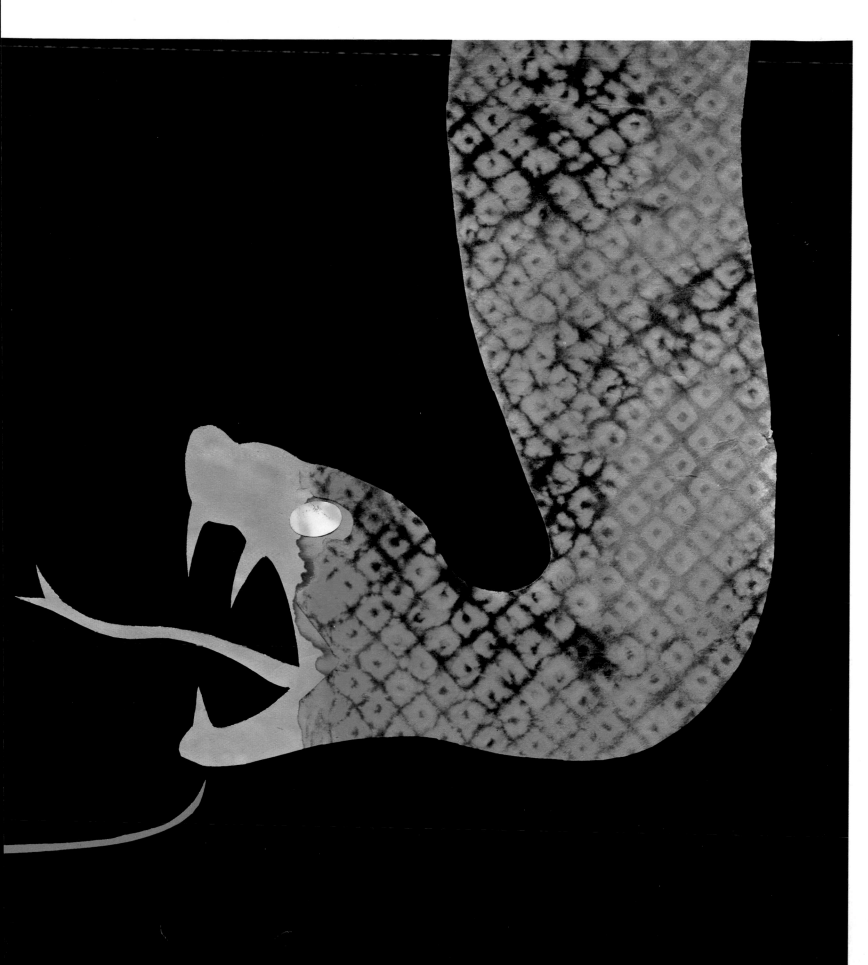

—No -dijo Ratón Amarillo el miércoles.

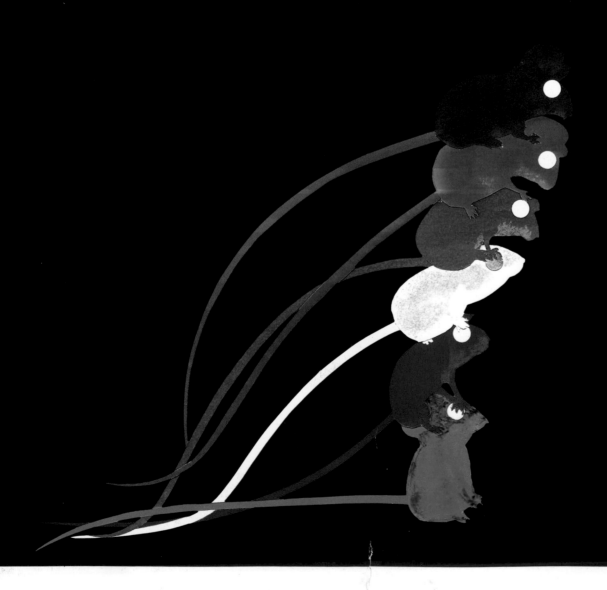

—Es una lanza.
Era el tercero que salía a explorar.

Ratón Morado fue el cuarto.
Salió el jueves a indagar.

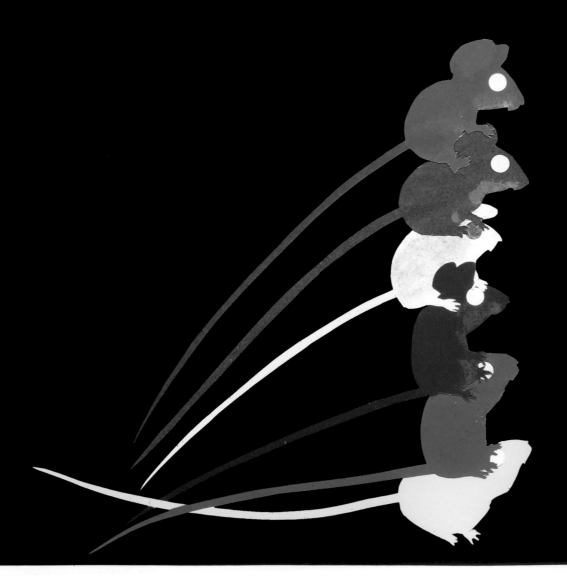

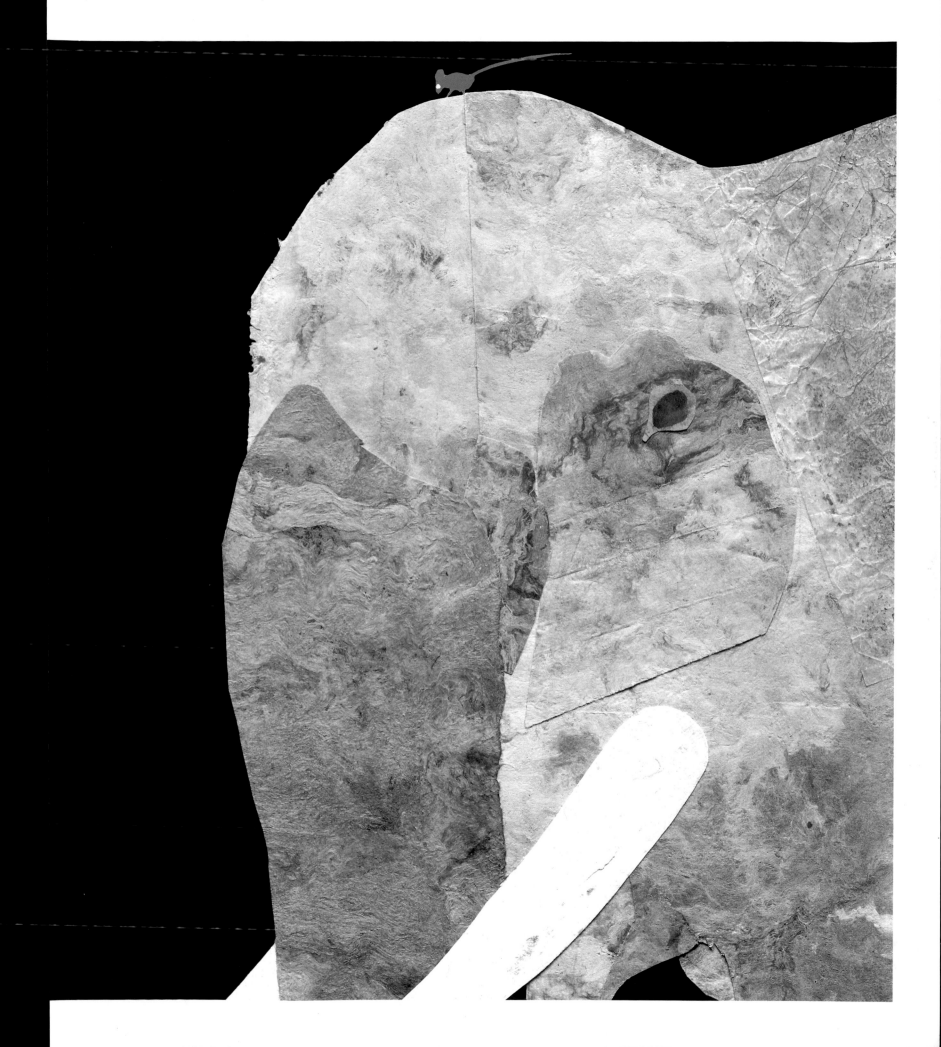

—Es un acantilado -dijo.

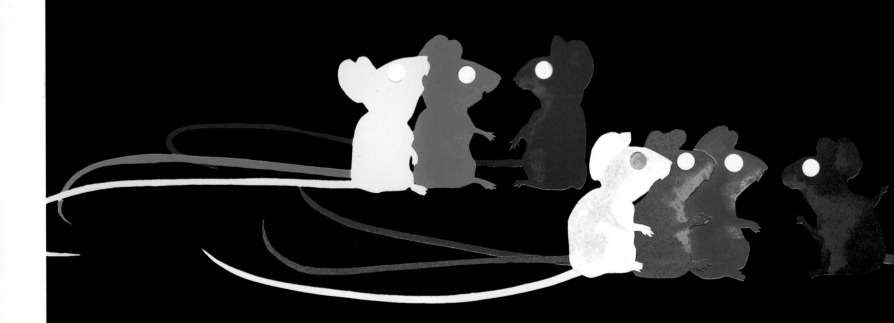

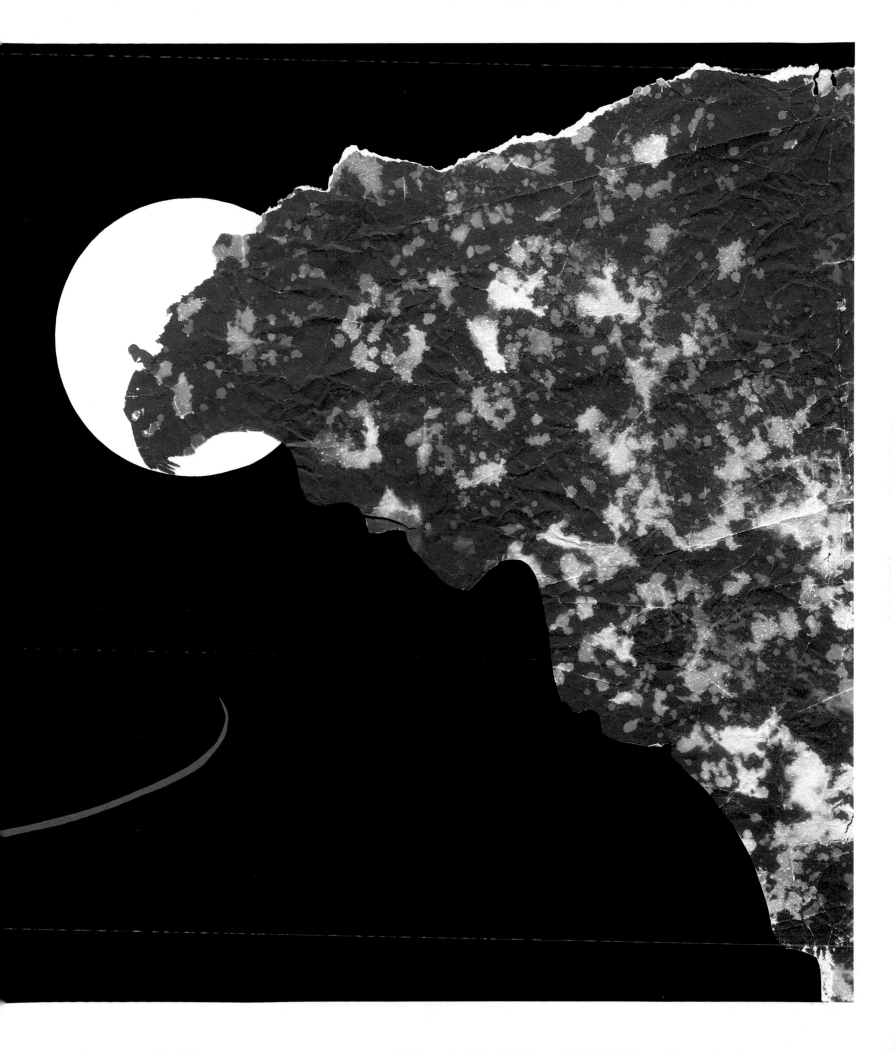

Ratón Anaranjado salió el viernes.
Era el quinto en salir.

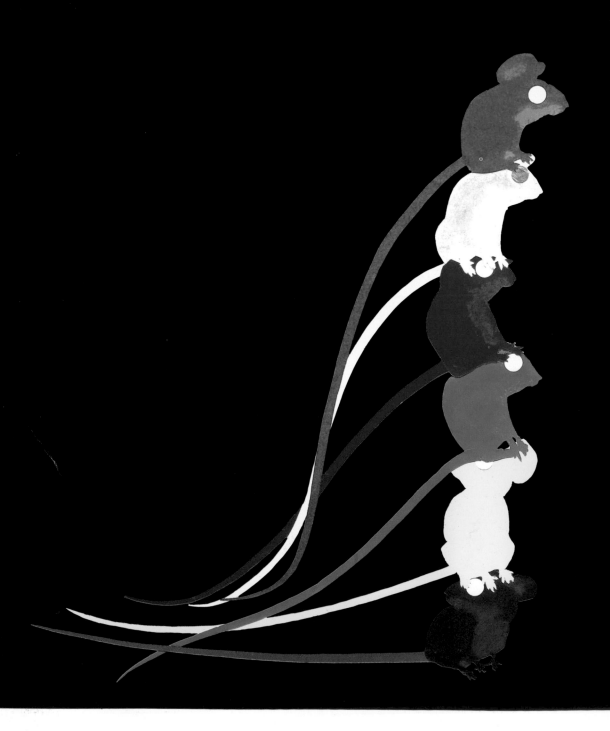

—Es un abanico -gritó-. Sentí cómo se movía.

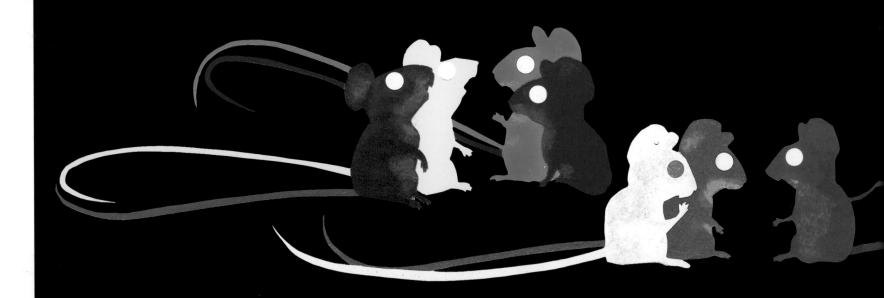

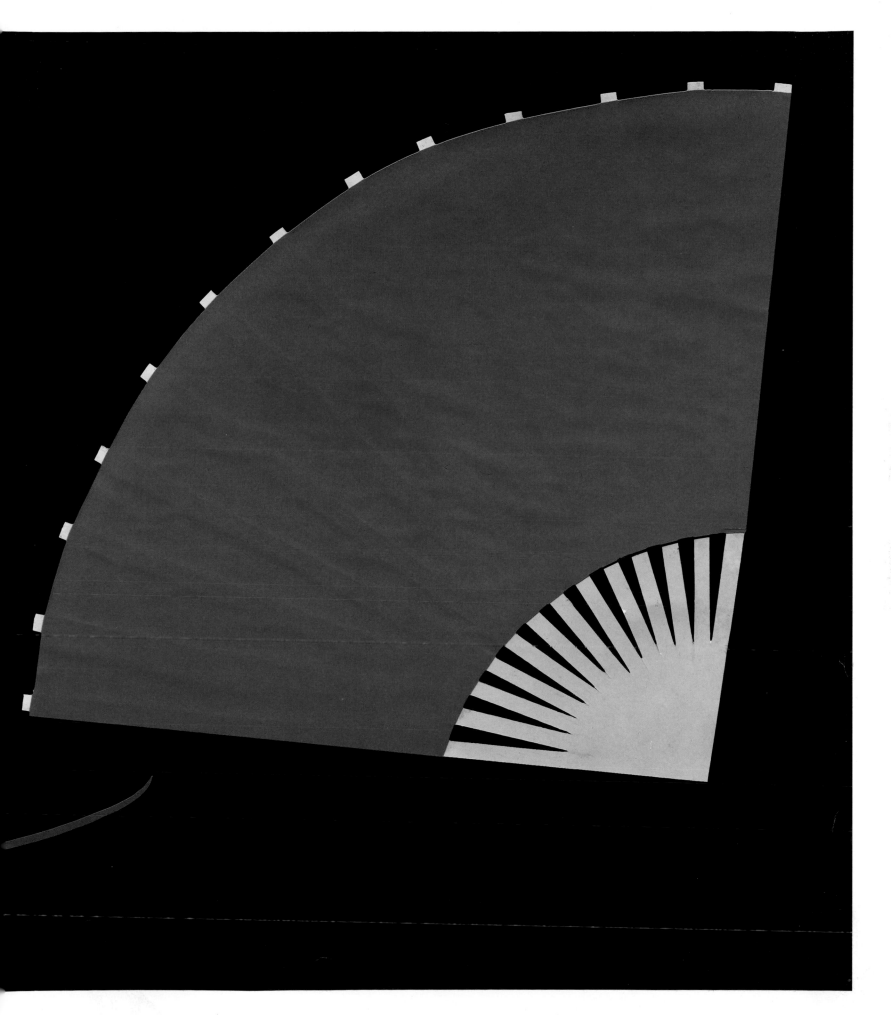

Ratón Azul fue el sexto.

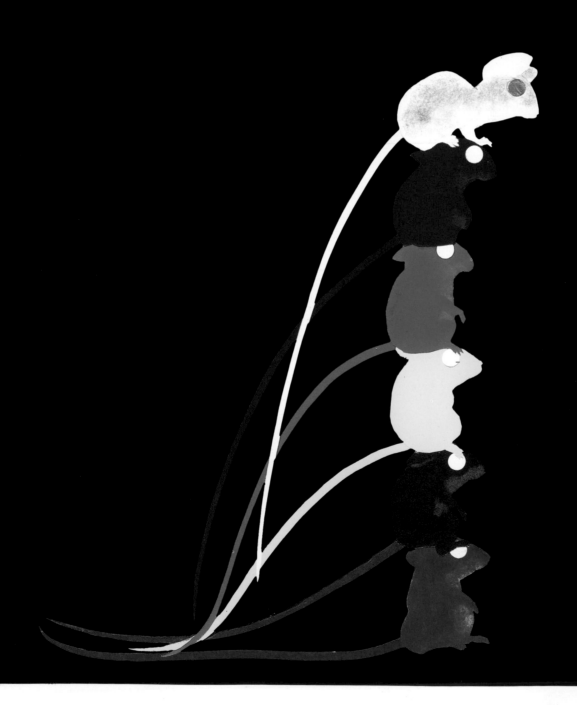

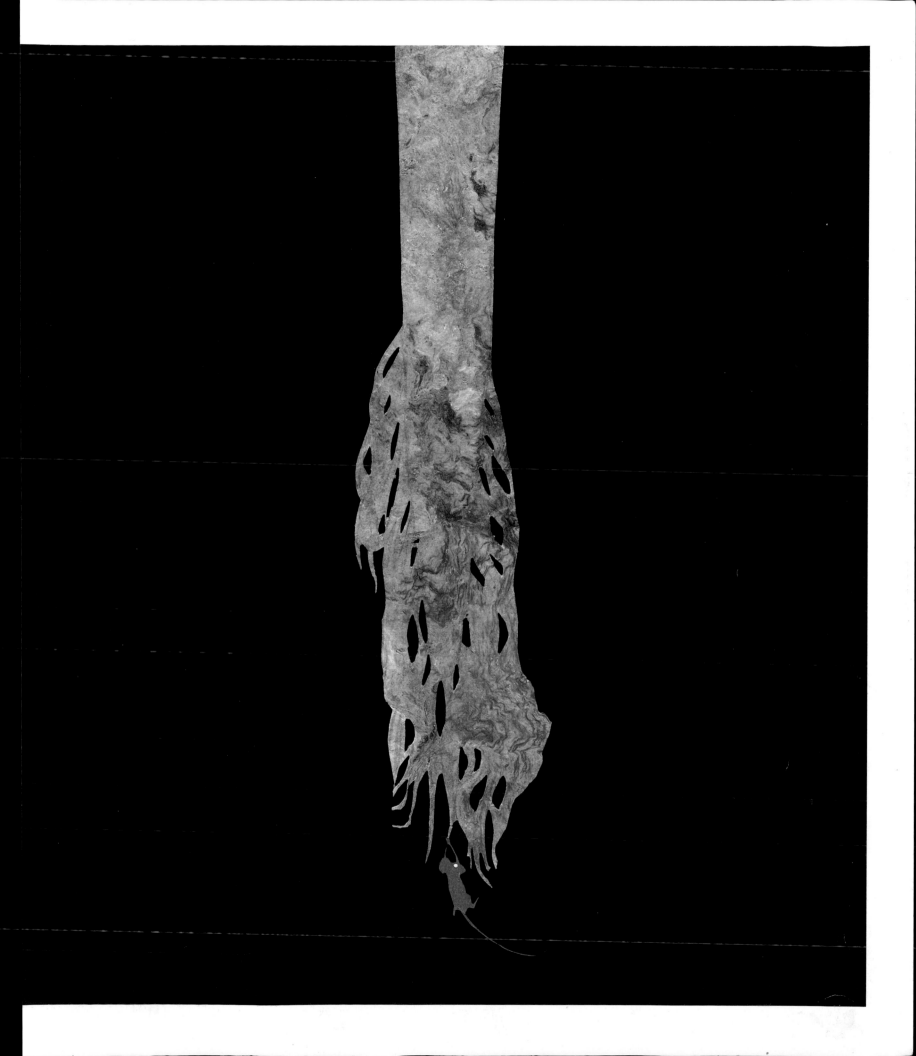

Salió el sábado y dijo:
—Es sólo una cuerda.

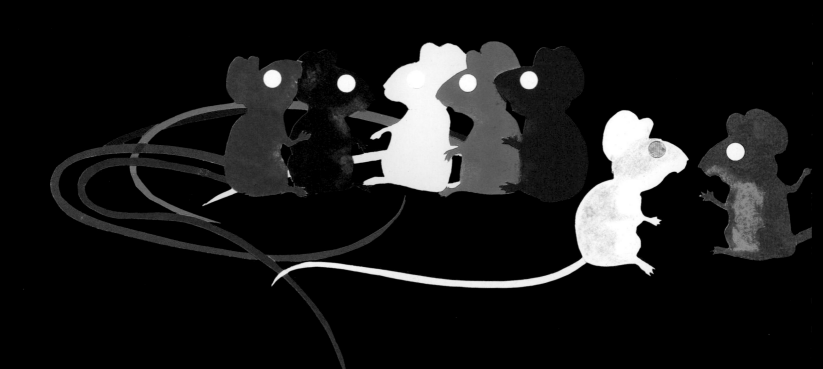

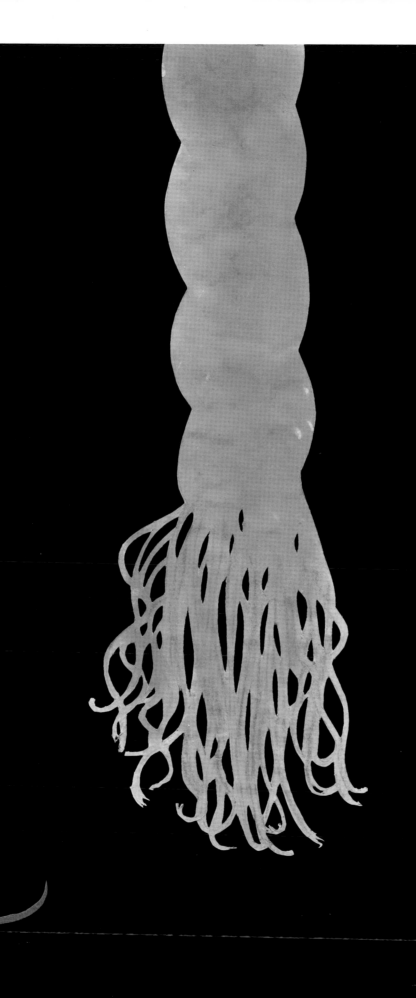

Pero los otros no estaban de acuerdo.
Comenzaron a discutir:
— ¡Una culebra!
— ¡Una cuerda!
— ¡Un abanico!
— ¡Un acantilado!

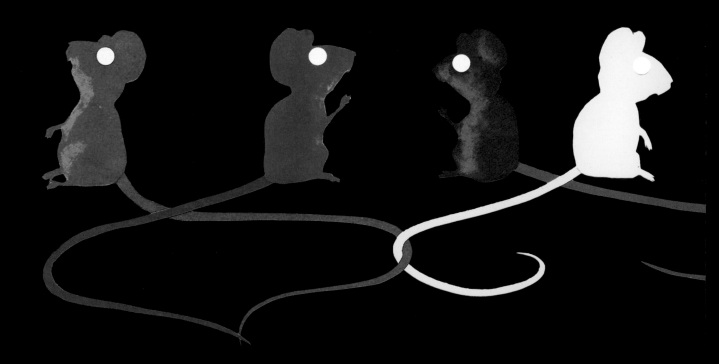

Hasta que el domingo, Ratón Blanco,
el séptimo ratón,
fue a la laguna.

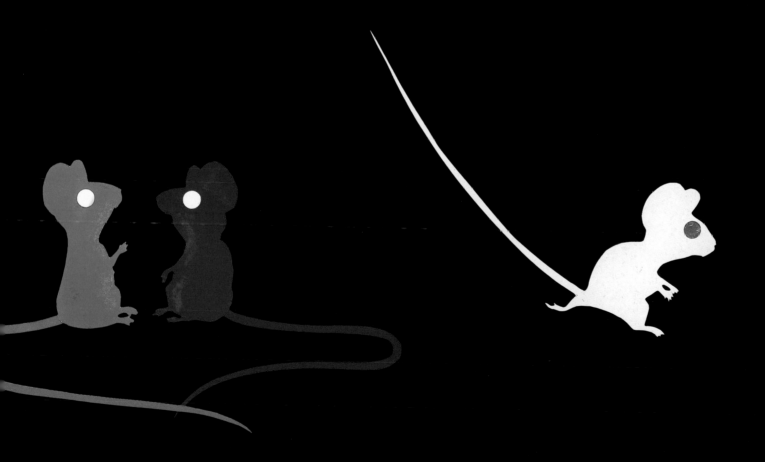

Cuando se topó con el Algo Muy Raro,
subió por un lado y bajó por el otro.
Trepó hasta la cima y recorrió el Algo Muy Raro
de punta a cabo.

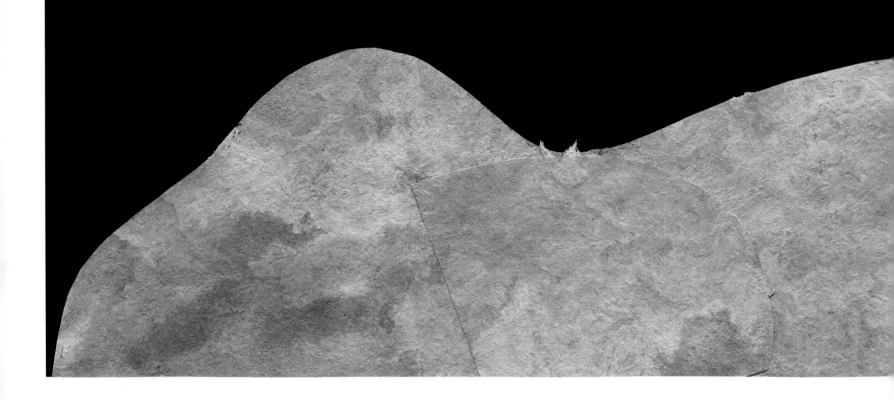

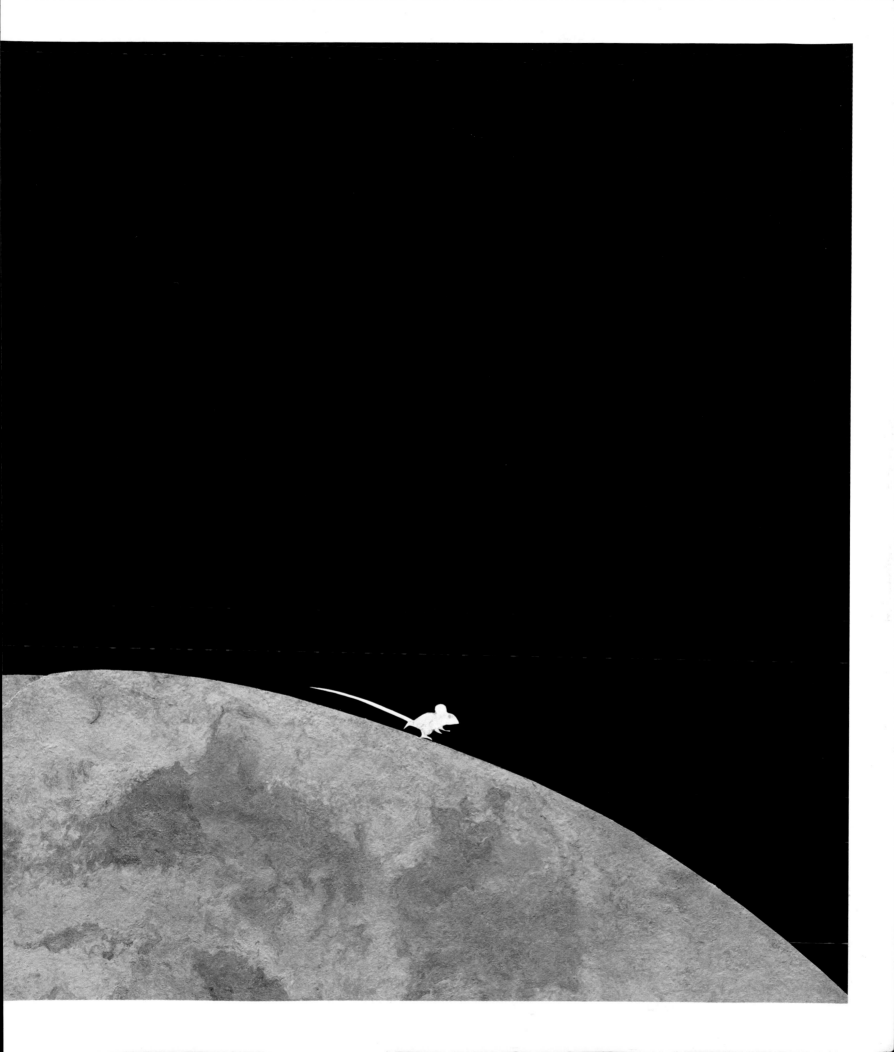

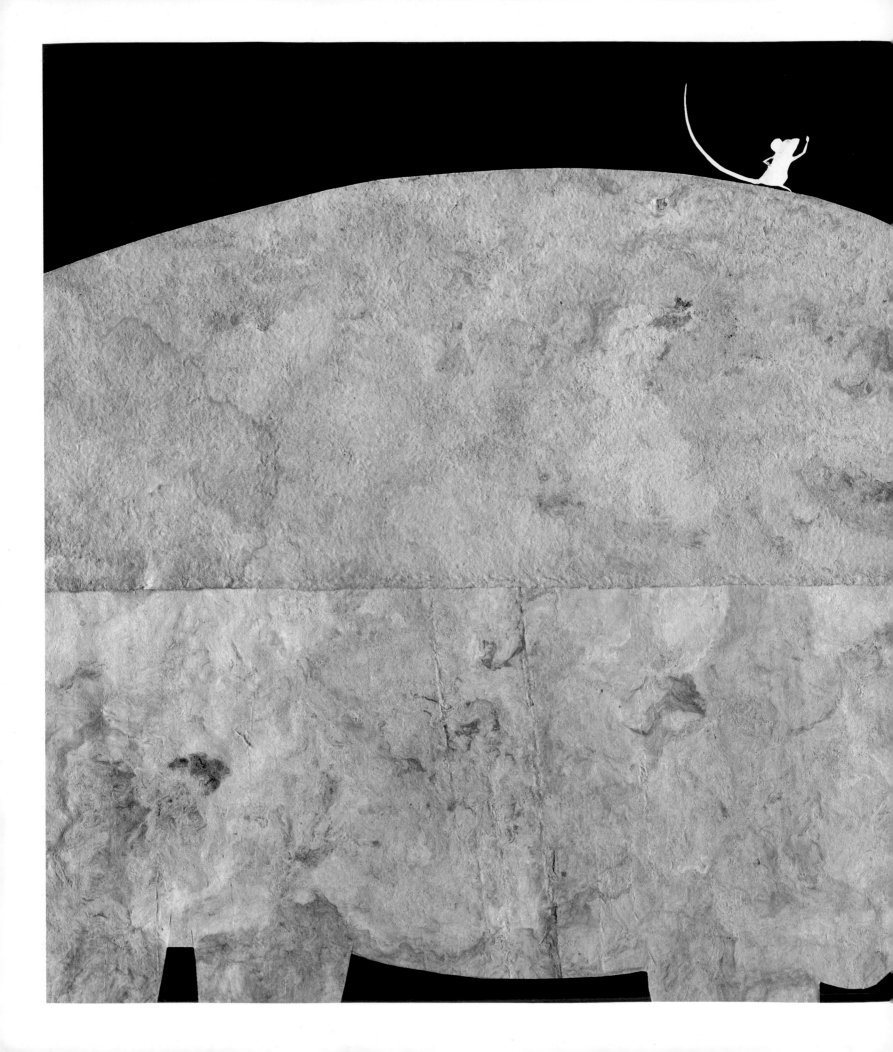

— Ahh... -dijo-. Ahora veo.
El Algo Muy Raro es:

<blockquote>
firme como un pilar,
flexible como una culebra,
ancho como un acantilado,
filoso como una lanza,
fresco como un abanico,
fuerte como una cuerda,
</blockquote>

pero todo junto, el Algo Muy Raro es...

...¡un elefante!

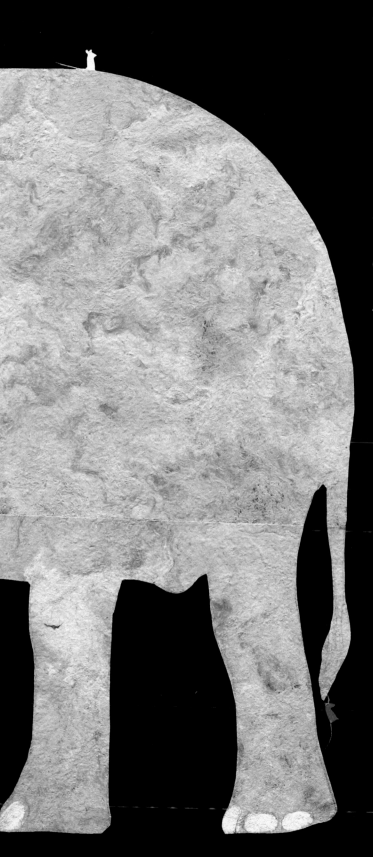

Y cuando los otros ratones
subieron por un lado
y bajaron por el otro,
y recorrieron el Algo Muy Raro
de arriba a abajo
y de punta a cabo,
estuvieron de acuerdo.
Ahora, ellos también veían.

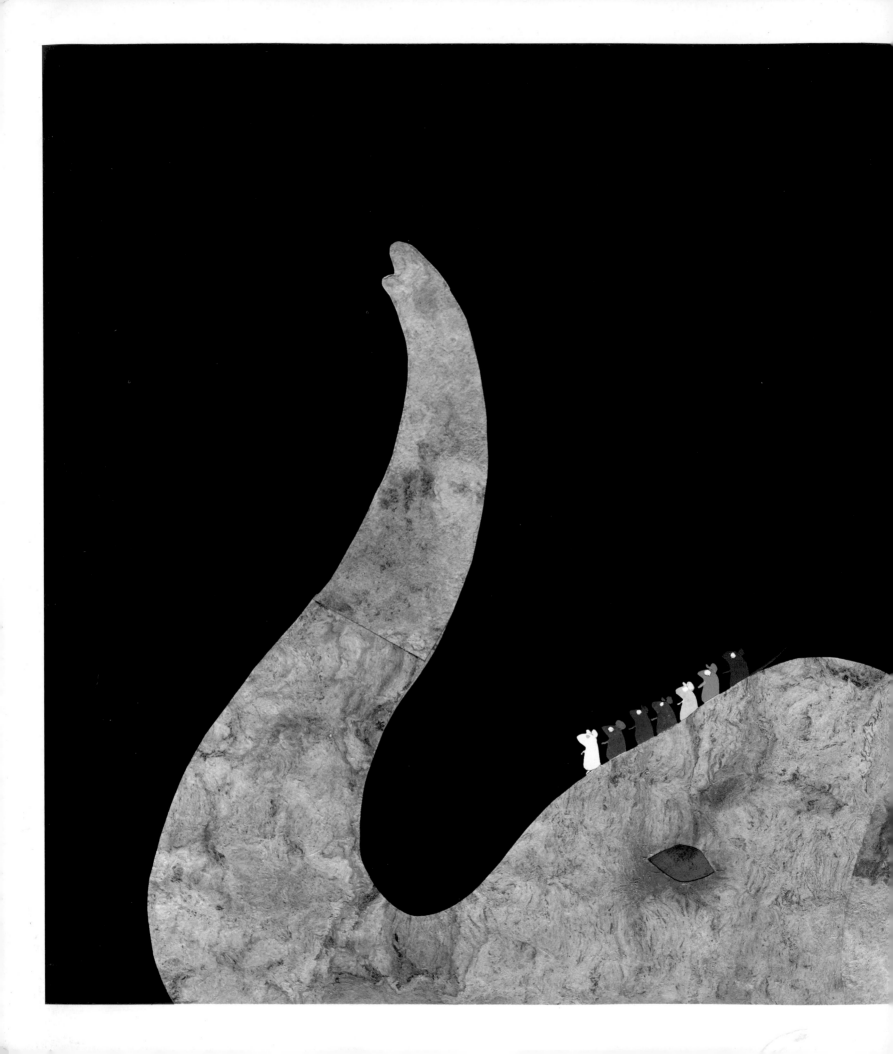

Moraleja ratoneja:
Si sólo conoces por partes
dirás siempre tonterías;
pero si puedes ver el todo
hablarás con sabiduría.

Para Wang Kwong-Mei 艾耐朋朋
quien abrió mis ojos al goce
del conocimiento y la sabiduría
en aquellos difíciles años.

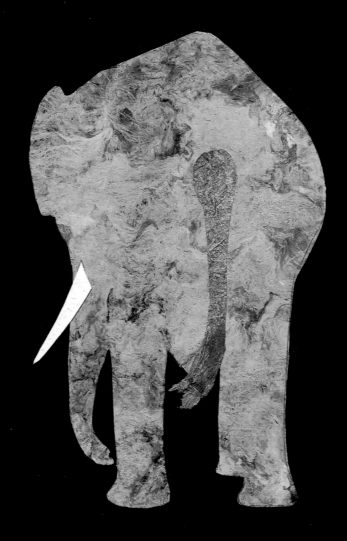

© 1992 Ed Young
© 2001 Ediciones Ekaré
Edificio Banco del Libro, Av. Luis Roche, Altamira Sur, Caracas, Venezuela
Todos los derechos reservados para la presente edición.
Publicado por primera vez en ingles por Philomel Books.
Título del original: Seven Blind Mice
Traducción: Veronica Uribe

ISBN 980-257-255-1
HECHO EL DEPOSITO DE LEY
Depósito Legal lf15120008001285
Impreso por *South China Printing Co. (1988) Ltd.*

01 02 03 04 05 06 07 08   10 9 8 7 6 5 4 3 2 1